Querida

Estoy muy orgullosa y
contenta porque has trabajado
muy duro este año. Eres
una chica chachi, y
te voy a echar de
menos !!
Te quiero mucho,

(Srta. Hernandez = Marta)
maestra 2º grado

EL BARCO
DE VAPOR

Rasi en la Luna

Begoña Oro

Ilustraciones de Dani Montero

sm

fundación sm

La Fundación SM destina los beneficios de las empresas SM a programas culturales y educativos, con especial atención a los colectivos más desfavorecidos.

Si quieres saber más sobre los programas de la Fundación SM, entra en **www.fundacion-sm.org**

LITERATURA**SM**•COM

Primera edición: mayo de 2019

Gerencia editorial: Gabriel Brandariz
Coordinación editorial: Carolina Pérez
Coordinación gráfica: Lara Peces

© del texto: Begoña Oro, 2019
© de las ilustraciones: Dani Montero, 2019
© Ediciones SM, 2019
  Impresores, 2
  Parque Empresarial Prado del Espino
  28660 Boadilla del Monte (Madrid)
  www.grupo-sm.com

ATENCIÓN AL CLIENTE
Tel.: 902 121 323 / 912 080 403
e-mail: clientes@grupo-sm.com

ISBN: 978-84-9182-541-8
Depósito legal: M-11317-2019
Impreso en la UE / *Printed in EU*

Para Casilda Prenafeta,
que ya va dejando huellas.

¡Hola!
Soy Elisa.
Y os presento a...

LA PANDILLA
DE LA ARDILLA

NORA

Nora es tímida.
Le **encantan** la naturaleza,
las cosas bonitas,
los cuentos de su abuela
y los libros.

AITOR

A Aitor también le gustan
los libros, la música...
y es un aventurero.
A veces saca versos
de dentro del sombrero.
Y es que Aitor es nervioso
y medio poeta.

IRENE

Irene es tan nerviosa
como Aitor... o más.
Irene es tan «más»
que le encantan las sumas,
el fútbol y la velocidad.
Pero hasta una deportista veloz
necesita calma de vez en cuando.

ISMAEL

Ismael es experto
en mantener la calma,
comer piruletas, pintar
¡y hacer amigos!
¡Ah! A veces
(muchas veces)
se olvida de cosas.

RASI

¿Y yo? ¿Nadie va a hablar de mí?

La pandilla de la ardilla
había ido a ver a Rasi.
Estaba en el cuarto de Elisa,
asomada a la ventana.
Cuando entraron,
Rasi ni se dio cuenta.
   –¿Rasi?
   Pero Rasi no se movió.

—Estará pensando en su cumpleaños –dijo Ismael.

—Lleva así todo el día –les contó Elisa.

—Rasi, ¡estás en la luna! –dijo Irene.

—Tierra llamando a Rasi –bromeó Aitor, y le hizo cosquillas.

–¡Hiii hiiii!

Todos se echaron a reír.

–¿Sabes, Rasi? –dijo Elisa–.
Aunque tu cumpleaños es mañana,
voy a darte ya tu regalo.
Así lo veis todos. ¿Os gustaría?

–¡Síííí! –exclamaron.

–Llevo mucho tiempo esperando este momento –confesó Elisa–. Había pensado darte este regalo mañana. Pero a veces, aunque las cosas no salen exactamente como se han planeado, ¡salen bien!

Entonces, del altillo de un armario
sacó dos paquetes. Estaban envueltos
en papel azul con estrellas plateadas.
Rasi intentó abrir el primer paquete
rascando con las patitas.

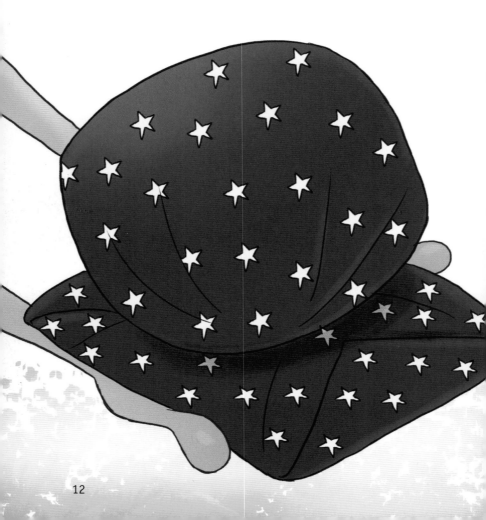

–¡Parece una pelota! –dijo Irene.
–¿De cristal? –preguntó Aitor
al ver lo que aparecía detrás del papel.
Era como una bola de cristal.
Pero no estaba cerrada del todo.
–¿Será una pecera? –dijo Nora.

Rasi metió la cabeza en la bola
para curiosear.

–¡Hiii, hiii! –que,
como todo el mundo sabe,
en idioma ardilla significa:
«¡Socorro, me he quedado atrapada!».

Ya se veía como aquella vez
que estuvo atascada en una alcantarilla.

Pero Elisa la tranquilizó:
—Tú respira, Rasi. ¡No estás atrapada!
¡Es justo eso! ¡Un casco! Es parte de...
Bueno, mejor abre el otro paquete.
Con ayuda de Irene y de Ismael,
Rasi desenvolvió el otro paquete.
Y ante sus ojos apareció...

—¡Un disfraz de astronauta!
—dijeron Irene e Ismael—. ¡Es chulísimo!
    —Sí, es chulísimo. Pero no,
no es un disfraz —aclaró Elisa—.
A mí me lo dio mi abuelo.
Es un auténtico traje de astronauta.
Era de tu tatarabuela, Rasi,
de la abuela de tu abuelo.
Aunque yo le he puesto algunos parches.
Uno de ellos con tu nombre, Rasi.

Rasi sonreía de oreja a oreja.

–Como muchas cosas antiguas,
este traje no es solo un traje;
es también una historia... –Rasi abrió
mucho los ojos–. La historia
de cuando tu tatarabuela pisó la Luna.

Rasi se cayó hacia atrás.
Menos mal que llevaba el casco.

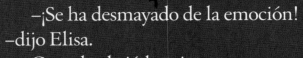

–¡Se ha desmayado de la emoción!
–dijo Elisa.

Cuando abrió los ojos,
se encontró rodeada de la pandilla.
Ismael la cogió con cuidado
y le terminó de poner
el traje de astronauta.

Rasi dudaba
si todo había sido un sueño.

Hasta que Elisa
le contó la historia entera:
—Tu tatarabuela Sira
nació en Estados Unidos
y fue la mascota de Armstrong,
Neil Armstrong.
—Ese nombre me suena... —dijo Nora.
—¿Es un *youtuber*? —preguntó Irene.
Elisa sonrió.

–No, aunque un día
los ojos de todo el mundo
estuvieron puestos en él.
Fue el 20 de julio de 1969.
Pero dejadme que os cuente
cómo se conocieron Sira y Neil.
Tu tatarabuela era listísima, Rasi.
  –¡Como Rasi! –dijo Ismael.

–Y, como Rasi,
también soñaba con volar.
Fue así como conoció
a Neil Armstrong. Neil era piloto.
Un día, Sira se coló en su avión.
Cuando Neil despegó,
vio que tenía una acompañante.
«Vaya, ardillita –le dijo–.
¿Te vienes conmigo?».
Y adivinad qué respondió Sira.

–¡Hiiii, hiii!
–contestaron Rasi y sus amigos.
    –¡Exacto! –rio Elisa–.
Desde entonces,
Neil y Sira no se separaron.
Sira acompañaba a Neil a sus clases
de ingeniería aeroespacial,
lo que estudian los astronautas.
Neil acabó trabajando en la NASA.
Allí se dedican a estudiar el espacio.

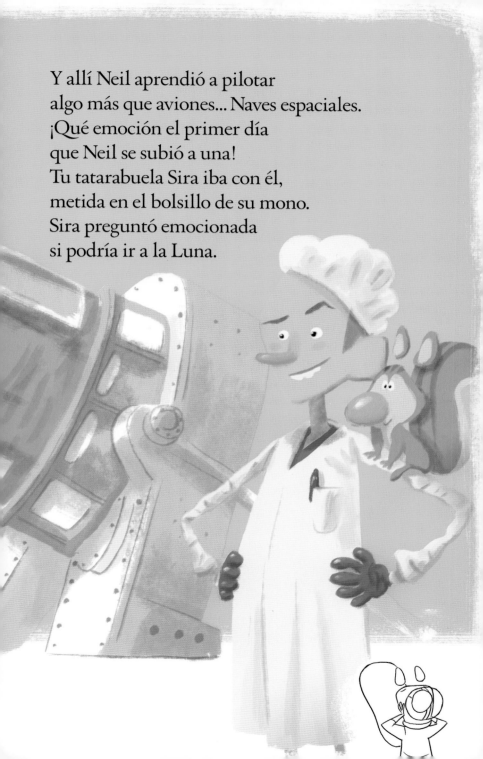

Y allí Neil aprendió a pilotar
algo más que aviones... Naves espaciales.
¡Qué emoción el primer día
que Neil se subió a una!
Tu tatarabuela Sira iba con él,
metida en el bolsillo de su mono.
Sira preguntó emocionada
si podría ir a la Luna.

«Lo siento, Sira –dijo Neil–.
Está todo planeado.
Solo podemos ir tres astronautas.
¡Pero puedes acompañarnos
en los entrenamientos!».

Durante años de entrenamiento,
día tras día, Sira acompañó a Neil.
Hasta le hicieron un traje igual
que el de los astronautas.
¡Pesaba un montón!
Rasi intentó dar un paso
con el traje de su tatarabuela.
¡Sí que pesaba, sí!

«Pero en la Luna nuestros trajes
pesarán menos –explicó Neil–.
Es como cuando te metes en una piscina,
que puedes flotar. En la Luna
es como si no pesaras casi nada».

Los astronautas entrenaban
a andar con los trajes,
a clavar la bandera...
El entrenamiento
que más le gustaba a Sira
era el de coger piedras.
¡Se parecía mucho a coger nueces,
castañas y avellanas!

Y llegó el gran día,
el 16 de julio de 1969.
Todo estaba preparado en el Apolo 11,
la nave espacial que iba a ir a la Luna.
Neil Armstrong, Buzz Aldrin
y Michael Collins,
los tres astronautas elegidos,
estaban a punto de despegar.
Sira fue con su traje de astronauta
a despedirlos.
Abrazó fuerte a Neil.

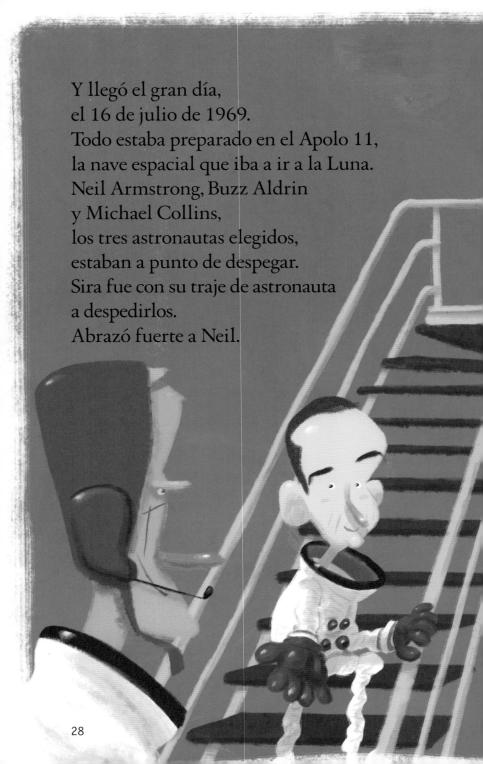

«¿Seguro que no puedo ir?»,
preguntó a Neil en idioma ardilla.
Neil sonrió.
«Lo siento, Sira. Está todo planeado».
«¡Mi rotulador!
–exclamó entonces Buzz–.
¡Me he olvidado el rotulador!».
Ese olvido no estaba planeado...

Sira no se lo pensó dos veces.
Salió corriendo a buscarlo.
Lo había visto encima de una mesa.
¡Estaba entrenada para hacerlo
a toda velocidad, aun con el traje puesto!

Corrió, corrió, corrió,
cogió el rotulador,
corrió, corrió, corrió...
Los astronautas
estaban entrando ya en la nave.
Sira entró detrás.
Le dio el rotulador a Buzz.
Y cuando fue a salir...
las puertas se habían cerrado.

Estaban a punto de despegar
y Sira estaba dentro. Miró a Neil.
«¡No lo hice a propósito!»,
decían sus ojos.
Neil le hizo un gesto
para que se metiera en su bolsillo
y estuviera callada.

«Lo sé, Sira —susurró—.
Pero ahora es mejor
que nadie sepa que estás aquí.
Si se enteran, cancelarán la misión».
Sira se metió temblando
en el bolsillo de Neil, justo antes
de que empezara la cuenta atrás.

Diez, nueve, ocho, siete,
seis, cinco, cuatro, tres, dos, uno...
¡Iban a despegar!
¡Con Sira a bordo!
El cohete lanzó el Apolo 11
rumbo a la Luna.

«¡Hiiii hiiii!», gritó Sira.
Por suerte, no la oyeron
en el puesto de control.
Sus gritos de emoción se mezclaron
con los de todos los habitantes de la Tierra.
Todo el mundo celebró el despegue
del Apolo 11.

Había muchas cosas
que podían salir mal,
¡pero todo había salido bien!
De momento.
Aún quedaba lo más difícil.
El Apolo 11 se iba alejando de la Tierra.
Ya flotaba en el espacio.
«¡Mira eso!», dijo Buzz emocionado.

Casi no podían hablar.
Era difícil poner palabras
a algo tan bello e impresionante.
«Qué hermoso, qué hermoso,
qué hermoso...», repetía Michael sin parar.
Sira solo podía decir: «¡Hiiii hiiii!».
Estaba fascinada con lo que veía
por la ventanilla.

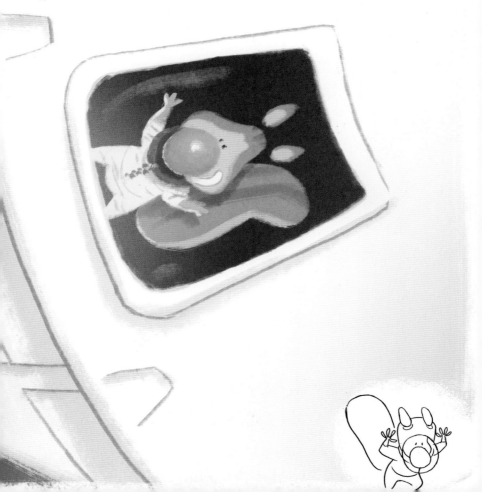

Pero a la Luna no se llega en una hora.
«Duerme, Sira, duerme
–le susurró Neil–.
Aún falta mucho para llegar».
«Hiii hiii», dijo Sira,
que, como todo el mundo sabe,
significa en idioma ardilla:
«¡Pero si aún es de día!».

Neil le explicó
que en el espacio el Sol
sale y se pone cada hora y media.
Sira durmió un rato.
Cuando se despertó,
pensó que estaba soñando.
¡Todo era tan hermoso!
En medio de la oscuridad,
la Tierra lucía a lo lejos
como una enorme bola azul y blanca.
Daban ganas de abrazarla.

Por otro lado, estaba la Luna.
«Para mí es gris claro», dijo Michael.
«Pues yo la veo marrón», dijo Neil.
«Yo también –dijo Buzz–.
Pero cuando la vi desde el otro lado,
me pareció gris».
«¡Hiii! –opinó Sira.
Y luego preguntó–: ¿Hiiii?».
O sea: «¿Cuánto queda?».

Sira preguntó «¿cuánto queda?»
muchas veces. ¡Tardaron cuatro días
en llegar a la Luna!
Y quedaba la parte más difícil.
«Sira, ha llegado la hora de separarnos»,
dijo Michael.
«Ahora nuestra nave se va a dividir
en dos –explicó Neil a Sira–:
el Columbia y el Eagle».

–¡*Eagle* es águila en inglés!
–dijo Aitor al oírselo decir a Elisa.
    –Exacto –confirmó Elisa–.
Neil explicó a Sira: «Buzz y yo
bajaremos a la Luna en el Eagle.
Mientras tanto, Michael se quedará
en el Columbia. ¿Y tú, Sira?
¿Qué quieres hacer?».

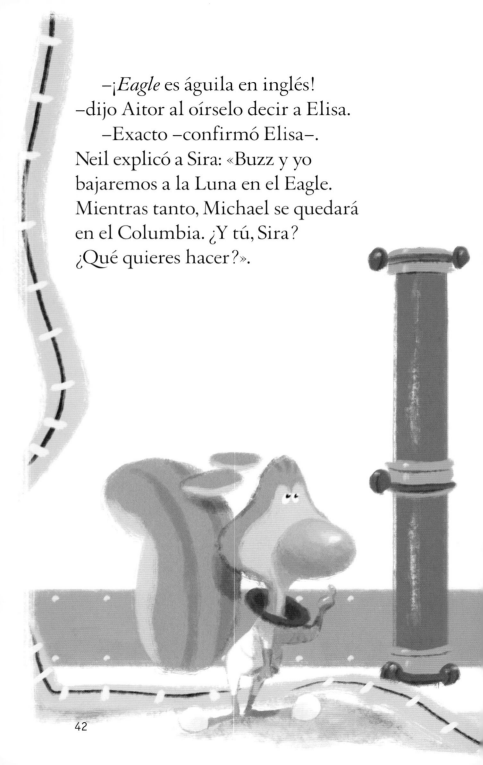

Sira dudó. Michael Collins
había estado años entrenando
para llegar hasta ahí
¡y al final no iba a pisar la Luna!
¿Cómo se sentiría ahí arriba,
flotando en el espacio?
Estaría solo en el universo.
Sira pensó quedarse con Michael
para hacerle compañía.

–Sira es tan buena amiga como Ismael
–dijo Nora.

Ismael sonrió. Y Rasi también.

Estaba muy orgullosa de su tatarabuela.

Elisa siguió contando la historia:

—Sira estaba tan cerca de la Luna...

Sira miró a Michael. Michael miró a Sira.

«Yo, si fuera tú, no me lo perdería
—le dijo Michael guiñándole un ojo—.
No te preocupes por mí.
Estaré muy ocupado.
Tengo que hacer muchas fotografías
y algunos experimentos.
¡Vuela con el águila, ardillita!».

«¿Hiii?», preguntó Sira.

«Seguro», respondió Michael.

Sira se metió con Neil y Buzz
en el Eagle. Michael puso en marcha
la maniobra de desconexión.
El Columbia y el Eagle
se separaron poco a poco.
Desde la ventanilla,
Sira se despidió de Michael.

«Hasta pronto»,
dijo Michael desde el Columbia,
el lugar más solitario del universo.
El Eagle navegaba rumbo a la Luna.
En la Tierra nadie lo sabía,
pero dentro, además de dos astronautas,
iba una ardilla.

«Mi tatarabuela»,
pensó Rasi con orgullo.

Elisa continuó la historia:

—Tenían previsto llegar
a una zona de la Luna que se llama
Mar de la Tranquilidad,
aunque no es un mar de agua.
Pero la maniobra de alunizaje
no fue tan tranquila.

–¿Alunizaje? –preguntó Irene.
Aitor se quedó pensando y dijo:
–¡Ah, claro!
Llegar a la Tierra es aterrizar.
¡Y llegar a la Luna es alunizar!
¡Alucina!
    –¡Sigue contando, Elisa!
–pidió Ismael.

Elisa les contó el alunizaje:
–¡Fue muy emocionante!
Estaba todo planeado.
Nada podía fallar.
Pero de repente se dieron cuenta
de que el Eagle iba con cuatro segundos
de adelanto.

«¡Aterrizaremos más lejos
de lo que habíamos calculado!
–dijo Neil–. ¡No sé si tendremos
suficiente combustible!».
Sira animó a Neil:
«Vamos, Neil. Tú puedes».
En idioma ardilla, claro.

Armstrong cogió los mandos y...
el Eagle aterrizó.
No había salido exactamente
como habían planeado.
¡Pero había salido bien!
«Houston –anunció Armstrong
al puesto de control–.
Aquí, Base Tranquilidad.
La ardilla ha aterrizado».

Sira miró a Armstrong asustada
y empezó a mover los brazos
de un lado a otro.
«¡Perdón! Digo...
El águila ha alunizado».
«Uf, casi me pillan», pensó Sira.

Estuvieron un tiempo
planeando cómo bajar.
El primero en salir del Eagle
tenía que ser Neil Armstrong.
«Hay una cámara fuera.
Va a grabar cuando salga de aquí.
Pero si tú sales a la vez
y bajas un poco más rápido
por la escalera, por la derecha,
nadie te verá», dijo Neil.

«Es verdad –dijo Buzz–.
Lo siento, Sira. Nadie puede saber
que has venido con nosotros.
Por lo menos, hasta que pasen
cincuenta años».
«Sí –dijo Neil–. A la vuelta,
contaremos a la NASA que venías a bordo.
Pero ahora no puede
haber ningún imprevisto.
Está todo planeado.
No puedes salir en la televisión».

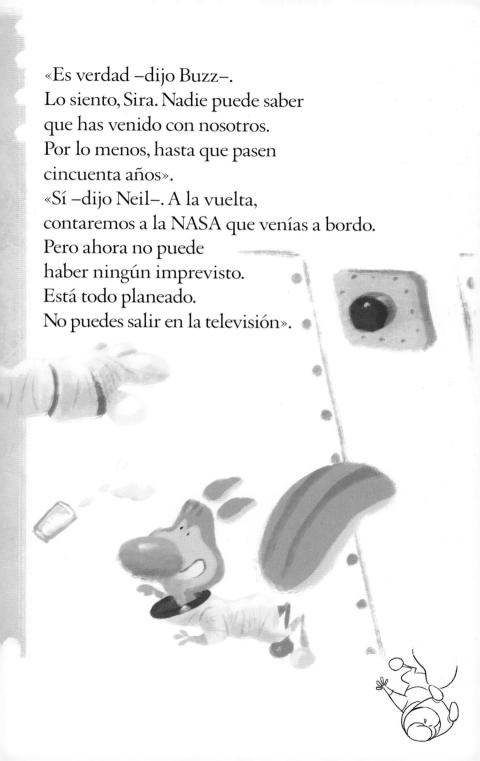

A Sira la fama le daba igual.
Lo que ella quería era pisar la Luna,
flotar en el espacio, sentirse una parte viva
y libre de aquel hermoso universo.
Aunque fuera una parte diminuta
metida en un aparatoso traje blanco.

Se abrió la puerta del Eagle.
En la Tierra, todo el mundo
contenía la respiración.
Neil Armstrong empezó a bajar
por la escalera.
Mientras los ojos del mundo
estaban puestos en él,
Sira se deslizó por el lado
que no grababa la cámara.

Y pisó la Luna. Sí, Rasi
–dijo Elisa–. Tu tatarabuela
fue el primer habitante de la Tierra
en pisar la Luna.
¡Y la primera «chica»!
　–¡Hiiii hiiii!

–Aquel 20 de julio de 1969, millones de personas vieron en la Tierra, desde sus casas, cómo Neil Armstrong pisaba la Luna.

«Este es un pequeño paso para un hombre, pero un gran salto para la humanidad», dijo.

Nadie supo que antes que él
alguien había dado un paso
aún más pequeño, un paso de ardilla.
Rasi, las huellas de tu tatarabuela
siguen en la Luna –dijo Elisa
señalando hacia el cielo–.
Y, como en la Luna no hay viento
que pueda borrarlas,
ahí permanecerán eternamente.

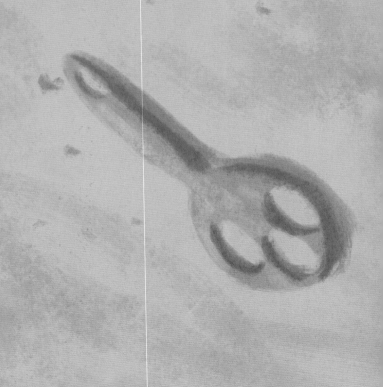

Y el traje de astronauta
de tu tatarabuela y esta historia
son mis regalos por tu cumpleaños, Rasi.
Espero que los conserves para siempre.

La huella de Sira sería pequeña,
pero la sonrisa de Rasi era enorme.
   La pandilla de la ardilla aplaudió.
Era una historia fabulosa.
Y era verdad.
   –¿No es increíble? –dijo Nora–.
¡Tu tatarabuela estuvo en la Luna!

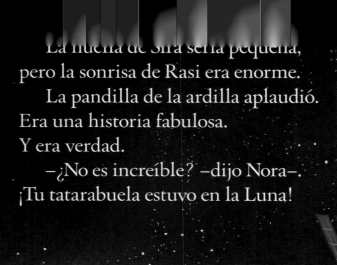

Pero Rasi no parecía oírla.
–¿Rasi? ¡Rasi!
Rasi estaba en la Luna.
Como su tatarabuela.
Bueno, en la Luna de verdad no.
De momento...

¿Y tú?

Rasi ha descubierto que su tatarabuela Sira hizo algo asombroso. Seguro que alguien de tu familia también (una tía, un abuelo, una bisabuela...).

Investiga, pregunta a tu madre, a tu abuelo, a tus primos...

Si lo dibujas o escribes aquí, quedará el recuerdo para siempre. ¡Será como la huella de Sira en la Luna!

Mi tía rescató
a un hombre en la playa.
¡Se estaba ahogando!

Mi padre fue
campeón de ajedrez.

Mi bisabuelo
construyó
su propia casa.

Mi abuela ha escrito
varios libros.

TE CUENTO QUE DANI MONTERO...

... recuerda las mañanas en las que entraba con su primo en la habitación de su abuelo, se sentaban en su cama y escuchaban las historias que les contaba. Su abuelo tenía un gran sentido del humor y solía hacerles bromas, algo que Dani ha acabado imitando. También recuerda a su abuela, una mujer incansable, dulce, amable, respetuosa, empática, generosa, siempre dispuesta a escuchar y a aprender, con una sonrisa auténtica y con un corazón más grande que el universo entero. Para Dani, su abuela es la persona más buena que ha conocido nunca. De ella aprendió lo que significa ser mejor persona, y a menudo piensa en ella para tratar de acercar su camino al suyo, corregirse cuando se equivoca, centrarse en lo importante y desprenderse de lo superficial. Para ser feliz.

Dani Montero nació en Catoira (Pontevedra). Sus inicios profesionales fueron en el campo de la animación, tanto en largometrajes como en series. Ha sido galardonado con diversos premios en animación, caricatura y cómic.

Si quieres saber más sobre él, visita su web y su blog:

www.danimonteroart.com

www.danimonteroart.com/es/blog

TE CUENTO QUE BEGOÑA ORO...

... puede presumir de tener un padre muy importante: Luis A. Oro. Es un investigador científico que ha recibido un montón de premios por todo el mundo: España, Taiwán, Francia, Alemania, Estados Unidos, Italia... Begoña está muy orgullosa de su padre, que, además de químico, es un gran deportista y montañero. Precisamente él la llevó a un monte muy alto, al Himalaya. ¡Es lo más cerca que ha estado de la Luna!

El padre de Begoña es tan importante que tiene una calle con su nombre en Zaragoza. Pero no es el único de la familia. La abuela de Begoña, María Teresa Giral, también. Lo que hizo su abuela también es importantísimo: fue maestra y enseñó a muchos niños y niñas como tú a leer y a escribir.

Begoña Oro nació en Zaragoza y trabajó durante años como editora de literatura infantil y juvenil. Ha escrito y traducido más de doscientos libros: infantiles, juveniles, libros de texto, de lecturas... Además, imparte charlas sobre lectura, edición o escritura.

Si quieres saber más sobre Begoña Oro, visita su web: www.begonaoro.es

Si te ha gustado este libro, visita

LITERATURA**SM**•COM

Allí encontrarás:
- Un montón de libros.
- Juegos, descargables y vídeos.
- Concursos, sorteos y propuestas de eventos.

¡Y mucho más!

 Para padres y profesores

- Noticias de actualidad, redes sociales y suscripción al boletín.
- Propuestas de animación a la lectura.
- Fichas de recursos didácticos y actividades.